Coordinador de la colección: Daniel Goldin
Diseño: Joaquín Sierra Escalante
Dirección artística: Mauricio Gómez Morin
Edición de imágenes: Pedro Santiago Cruz
Comentarios y sugerencias:
correo electrónico: alaorilla@fce.com.mx

A la orilla del viento…

Ganador en 1999 del VII Concurso de Literatura Infantil y Juvenil
A la orilla del viento, en la categoría "Los que están aprendiendo a leer"
y "Los que empiezan a leer".

Primera edición: 2000
    Primera reimpresión 2001

D.R. © 2000, FONDO DE CULTURA ECONÓMICA
Av. Picacho Ajusco 227; México, 14200, D.F.
www.fce.com.mx

ISBN 968-16-6270-9

Impreso en México

La enamorada del muro

Sandra Comino

ilustraciones de Ricardo Radosh

FONDO DE CULTURA ECONÓMICA

◆ Todo empezó una mañana, cuando Iván vio lo que vio en el tapial del fondo y se desató la gran confusión. Por eso pasó lo que pasó.

Hasta ese momento todas las mañanas en la vida de Eulogia y de su hijo Iván habían sido muy iguales. Después de desayunar, ella salía a hacer las compras y dejaba a su hijo en la cocina haciendo la tarea para el colegio.

Él se quedaba sentado frente a la ventana, con los libros amontonados sobre la mesa; pero en vez de estudiar se distraía observando el patio, la vista se le clavaba en el tapial del fondo, donde la enamorada del muro se enredaba hasta perderse entre los tapiales vecinos. Allí dejaba apoyados sus ojos por minutos, a veces por horas.

Sólo una cosa lo arrancaba de ese estado y era el regreso de su madre, cuando abría la puerta y desparramaba todo sobre la barra de la cocina.

–¿Estabas en la luna, hijo?

–No, mamá, en matemáticas –mentía para que no lo regañara.

Siempre pasaba lo mismo, hasta el día en que Iván vio lo que vio y pasó lo que pasó.

Una mañana de abril, justo en el instante en que su madre abría la puerta para entrar, justo antes de que desparramara las bolsas sobre la mesada de mármol y le preguntara si estaba en la luna, Iván vio una inmensa rata panzona paseándose por el tapial del fondo, sobre la enamorada del muro.

Fue en ese mismo momento cuando las mañanas dejaron de ser iguales. Él sacó un grito de su garganta y lo lanzó en línea recta hacia donde estaba la rata. Su madre, del susto, tiró las bolsas al piso, siguió el grito con su mirada, vio el animal sobre la enamorada del muro y también gritó. Los dos gritos siguieron hacia el tapial. De golpe el roedor perdió el equilibrio y, ¡paff! cayó.

La enamorada del muro tembló.

Madre e hijo, con la palidez que da el pánico, se empujaron, avanzaron y luego retrocedieron. Finalmente fueron a ver a la rata y les pareció que estaba muerta. Ahora sí que gritaron tranquilos y los gritos fueron hacia la calle. Los gritos llamaron la atención del panadero, del verdulero, de la peluquera y del sodero que entraron a la casa sin llamar.

La vecina de enfrente creyó que era un incendio y llamó a los bomberos.

La señora del panadero pensó que eran ladrones
y llamó a la policía.

El carnicero, por temor a que fuera un accidente, llamó a la ambulancia, y el almacenero avisó a los de la radio y la televisión, que fueron los primeros en llegar.

El mediodía los sorprendió a todos en la casa, haciendo cola para ver quién se había caído del tapial.

Mientras tanto, Feliciano, el papá de Iván, como todos los días cerró el taller a las doce y llegó a la casa para almorzar. Cuando vio el alboroto se le aceleró el corazón y le empezó a arder el estómago. También se le aflojaron las piernas.

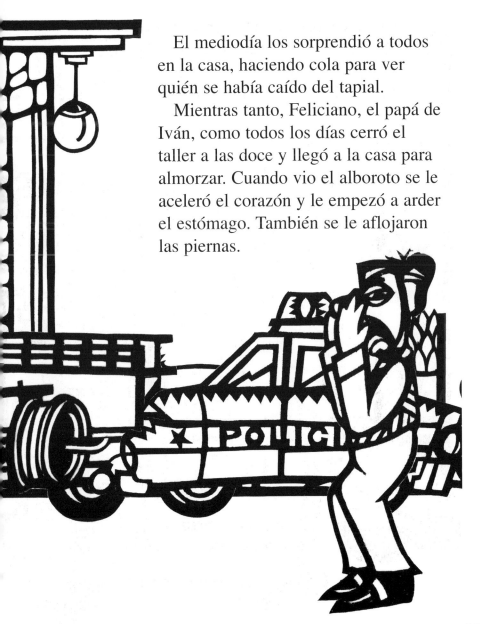

–¡Está muerta! –pasó diciendo un bombero.

Y Feliciano, que estaba a punto de entrar, creyó que la muerta era su mujer.

–No llore, hombre, la ciudad está llena de seres como ése –dijo el bombero y, rascándose la cabeza, murmuró–: ¿Llora por una rata?

Entre tanto la sirena del coche de los bomberos seguía sonando, atronadora.

La policía se abría paso a empujones y la ambulancia trataba de estacionarse en doble fila. Los de la radio y la televisión ya habían dado la noticia de que había muerto alguien cerca de la enamorada del muro; pero no se sabía bien quién.

El policía, que era un hombre muy correcto, le dijo a Eulogia que había que sacar el cadáver de la rata. Pero para eso tenía que contar con el consentimiento de la Dirección General de Protección al Vecino.

Allá fue Eulogia y todos quedaron esperando su regreso. El tumulto le impidió ver a su marido.

–Dicen que se cayó del tapial y hay que esperar a los inspectores para sacar el cadáver. Ni los bomberos ni la policía ni la ambulancia pueden hacer nada –contaba la peluquera para canal 72.

Feliciano la oyó y gritó:

–¡Si le habré dicho que no podara la enamorada del muro!

A Eulogia le bastaron unos minutos para llegar al edificio que le había señalado el policía y entró nerviosa. Nadie la atendía. Entonces gritó, se sacó el zapato y empezó a golpear, con el taco, el mostrador. Una señora pelirroja, con los labios pintados de rojo y con la boca llena, dijo:

–Presente una nota con lo que desee y pase en cuarenta y cinco días.

–Es urgente, no puedo esperar.

–Entonces diríjase al Departamento de Reclamaciones Urgentes en el primer piso.

En la casa el alboroto se multiplicaba. Una de las tantas periodistas decía:

–En forma exclusiva podemos decir, ya que somos el único medio aquí presente, que los bomberos taparon el cadáver pero no dejan que nos acerquemos.

Feliciano lloraba, no quería oír más.

Eulogia llegó al primer piso, donde la señora pelirroja la derivó. Allí una rubia le dijo:

—Es la hora de almorzar, señora. Saque número si quiere y espere.

—Pero si no hay nadie.

—Igual espere.

—Es que la tengo muerta, ¿sabe? El policía me dijo que para retirar el cadáver tienen que mandar un inspector. Mi hijo la vio caer.

—Ah, si hay un muerto es distinto —dijo la empleada—. Vaya al quinto piso.

En el quinto piso había un cartel que decía: "Este piso se plegó a la huelga. Las urgencias se atenderán en la Junta Nacional de Servicios Urgentes Avda. Corrientes 1236".

Feliciano lloraba en el baño.

–No sea flojo, vecino, deje de llorar. No vale la pena.

Para entonces, Eulogia llegó a la Junta Nacional de Servicios Urgentes y le contó lo sucedido al empleado que estaba leyendo una historieta.

–... Y ahora hay que sacar el cadáver.

–Tiene que ir al Juzgado de Accidentes Fatales, Corrientes 5100.

Las vecinas habían preparado café para todos. Feliciano se preparó té de tilo. Alguien gritaba a los periodistas:

–No pueden pasar, ya les daremos la primicia.

–A la fila –le dijeron a Eulogia cuando llegó al Juzgado.

–¿Qué fila si no hay nadie?

–A la fila –volvió a decir la empleada mientras se pintaba las uñas.

Eulogia estaba dispuesta a todo. Retrocedió y esperó a que la empleada terminara de pintarse. Vio cómo tapó el frasco sosteniéndolo con los dedos abiertos y lo guardó en el monedero. Luego, soplándose las uñas, dijo:

–Que pase el que sigue.

Eulogia contó las cosas exagerando un poco.

Mientras tanto el policía le dijo a Feliciano:

–Usted es el dueño de la casa, ¿no? Debe venir a ver el cadáver. No sabe, ¡qué ejemplar!

A Eulogia la mandaron al despacho del propio inspector debido a la gravedad del caso.

El inspector la trató muy amablemente y ella pensó que se había dormido de cansancio y estaba soñando.

Feliciano, ya frente al cadáver, gritaba:

–¡Noooo! No puedo mirarla. No quiero verla así.

El policía se inclinó para destapar la rata, pero no lo hizo porque Feliciano se dio media vuelta y a paso lento entró en la casa.

En ese instante llegó Eulogia y al ver a su marido le dijo:

–¿Viste viejo lo que me pasó? ¡Estoy muerta!

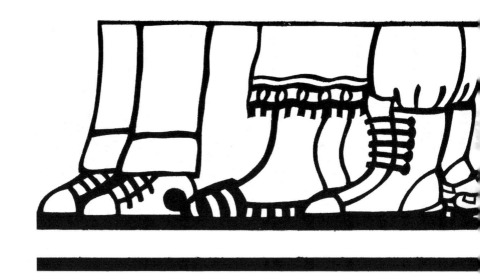

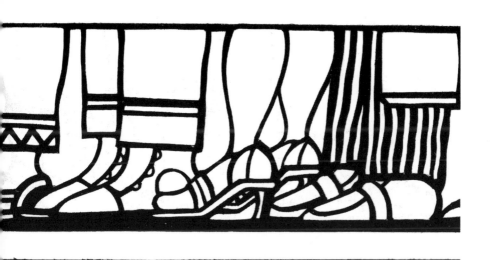

–¡Ay!, ¡Dios mío! La veo y me dice que está muerta.

En ese momento nadie vio que el trapito se movía y la rata pasó por entre las piernas de todos los que no querían perderse la escena de Feliciano.

El inspector le preguntó a la peluquera dónde estaba el cadáver, y ella le dijo:

–Mire, don inspector, siga a la dueña de casa. Así no hay problemas porque si no después dicen que las vecinas somos unas entrometidas, ¿vio?

Feliciano corría. Eulogia corría detrás de Feliciano y el inspector detrás de Eulogia. El policía salió corriendo detrás del inspector que seguía a Eulogia, quien corría detrás de Feliciano. El médico perseguía al policía, que iba detrás del inspector, que seguía a Eulogia que intentaba agarrar a Feliciano. Más atrás el panadero, el almacenero y los de la radio y la televisión.

La vecina de al lado no pudo detener a Iván que se escapó y corría desesperado atrás del panadero, del almacenero y los de la radio y la televisión que iban tras el médico, que seguía al policía que estaba por alcanzar al inspector que casi le pisaba los talones a Eulogia que ya tenía agarrado a Feliciano.

Mientras… el viento jugaba con la enamorada del muro. ◆

La enamorada del muro de Sandra Comino, núm. 139 de
la colección A la orilla del viento, se terminó de imprimir en los talleres
de Impresora y Encuadernadora Progreso, S.A. de C.V. (IEPSA), Calzada
San Lorenzo núm. 244; 09830, México, D. F.; durante el mes de agosto del 2001.
En su elaboración participaron Diana Luz Sánchez, edición,
y Pedro Santiago Cruz, diseño.
Tiraje: 7000 ejemplares.

Fantasmas escolares
de Achim Bröger
ilustraciones de Juan Gedovius

—¡Qué horror! —gimió Tony.
   —¡Es una pesadilla! —se lamentó su hermana—.
El sol brilla, y nosotros aquí en la escuela.
   Apenas podían creerlo, de tan horrible que
aquello les parecía.
   Ambos lucían pálidos y temerosos; terriblemente
pálidos. Además tenían un brillo verdoso y sus ojos
eran fantasmagóricamente rojos…

Achim Bröger nació en 1944. Además de escribir libros
para niños y jóvenes, también escribe obras de teatro
y guiones para televisión. Sus obras se han traducido a más
de quince idiomas. Vive con su familia en Brunswick.

Loros en emergencias
de Emilio Carballido
ilustraciones de María Figueroa

El aeropuerto lanzó su amistoso tubo hacia el costado del avión. La portezuela tardó un poco en abrirse. Adentro daban instrucciones en tres idiomas:
—Rogamos a los pasajeros que pemanezcan en sus lugares hasta que la nave esté inmóvil. Manténgase en su asiento y dejen salir en primer término a loros, guacamayas y periquitos.
"¿Y yo qué?", pensaba el pájaro carpintero. Nadie lo había advertido y él era, de algún modo, el responsable de la situación.

Emilio Carballido, dramaturgo, novelista y cuentista, es una de las figuras más vitales de la literatura mexicana contemporánea.

para los que empiezan a leer

El invisible director de orquesta
de Beatriz Doumerc
ilustraciones de Ayax y Mariana Barnes

El invisible director de orquesta estira sus piernas y extiende sus brazos; abre y cierra las manos, las agita suavemente como si fueran alas… Y ahora, sólo falta elegir una batuta apropiada. A ver, a ver… ¡Una vara de sauce llorón, liviana, flexible y perfumada! El director la prueba, golpea levemente su atril minúsculo y transparente… ¡Y comienza el concierto!

Beatriz Doumerc nació en Uruguay. Ha publicado tanto en España como en América Latina más de treinta títulos. En la actualidad reside en España.

para los que empiezan a leer

Eres único
de Ludwig Askenazy
ilustraciones de Helme Heine

En este libro se cuenta la historia de un erizo que se rasuró las espinas para complacer a su novia, la gata Silvina; la de un elefante olvidadizo que se hacía nudos en la trompa para recordar; la de un ciervo que prestó su cornamenta para hacer un árbol de Navidad, y las de muchos otros personajes que, como tú, son realmente únicos.

Ludwig Askenazy ha escrito numerosos libros para niños y jóvenes. Actualmente vive en Alemania.